仙屏書屋初集詩錄卷之五

宜黃　黃爵滋樹齋著

得趙直夫甘泉書

別時不見夏初雨往後相思春又花傳說馬飛鍾阜去更聞颿轉覺湖斜大江幾弔魚龍窟中澤親經鴻鴈家第五泉邊明月夜可能無事飲冰芽

豐臺即事

索居歎命儔載尋豐臺里山翠逼車頭柳陰交馬尾出郭花若雲入郭人如蟻鉦鼓轟鳴雷輪轂滯流水息意且還轅寘覩得所止

晚香玉

異花若幽士楚楚自珍惜在闇獨芳華當喧轉寂匿蜂蝶那得知躁人亦不識縹渠稍偏反素蘤交姽嫿有月始麗秋無風亦韻夕種傳西土移名肇
聖人錫始知承
恩者不以中外歧薰蕕在物情培覆見天則

丁亥七夕

人間莫歎歡娛短天上由來歲月長機石錦雲依舊好

可知元贊未成霜

寄呈許漁生師三首

喆人懋遠猷年力貴未頹譬諸山中幹早效堂上材夫
子及
先朝揮手登蓬萊榮名冠唐李隆過趙漢枚九霄絶雲
霓八極隘埏垓則知毛羽豐亦由天骨恢豈不附青雲
使我增褎裒

昨者銜
帝命萬里復南征小子悵睽違不得仰鑒衡清心印珠

泉盛儀輝錦屏迢迢筆山節歷歷琴坡斬席玉稱遺澤
正學昭日星古徽諒不遠今化實在型士習美恂謹夏
楚靜不鳴懋知芳杜洲千載爲延馨

名士不可爲虛聲譎飛蓬名臣不易爲實用資隆棟夫
子提其耳警切如洪鍾苟存利物志宜慎稽古功壯盛
誤轉瞬悵悵嗟何從平生賴師友庶以開昏憒佳序眷
朱夏芙蓉弄薰風持獻夫子壽葯薏託微悰

趙化景賢祠圖卷爲楊焦雨大令題

鳴鶴集迴澤蟠虬潛幽淵山川清淑處往往招名賢徵

君旣韓若嗣予亦皭然淵源嗇師友輝映相後先主懷
風雨賦賓感琴瑟篇遂令片石地遙接蘇門巔李令昔
講習楊侯今管絃新芳薦蘋藻舊跡揮雲煙峩峩山上
石洌洌林間泉從敎密人士流風懷千年按景賢祠事畧首容城徵君孫奇逢次雄縣李蔚次登封耿介次上蔡張沐次定興馬爾楹耿極次灤州趙御衆次杞縣馬之驦次徵君幼子博雅次東阿李居易次密縣錢佳選居易密縣知縣有政聲

讀五代史絶句二十首

倉皇執轡返神京五曲楊枝載道聲那識東都旋賜酺
唐家城闕已榛荆

乍溝溝畔苦飄零一第當年誤五經獨有阿兄憐故里
酒酣歸看碭山青

指揮控鶴復何依建國樓頭慘夕暉他日洛陽有同穴
郭妃應媿賀王妃

國寶無端已入唐那堪莫晉與朝梁保鑾五百成何用
孤負當年王鐵鎗

鵶兒軍至走黃巢第一勳名蓋代驍十萬沙陀天賜與
上源驛夜酒空澆

五歲奇兒膽不寒百年何用枉悲酸唐家一賜差堪報

鸂鶒巵兼翡翠盤
夾寨夫人舊寵移笙歌魏國十年隨可憐贖卜黃須丈
博得宮門一旦咎
兩州容易報儲陳袍帶偏教吝貴珍可奈英雄李天下
絳霄扶病更何人
竭忠建策竟何如斷送唐家飯一盂和武居然有先識
不堪迴避娭姑夫
輝煌馬上白貂裘挤却寰瀛十六州眼大兒郎那可恃
降書還向阿翁投

雲叟逍遙泉石喧石卿底事費空言何如檢點書千卷
坐擁臨淄不出門
苑中韝臂正調鷹不管欒城敵騎騰大劍横磨空十萬
老臣費盡淚三升
都軍操刺信難量贊畫曾偕鐵硯桑何意沙陀遺部落
威名遂祖漢高皇
賜第教成怨府叢山陵冤獄起家僮史公蕭粉蘇公避
索命由來是李崧
見說重瞳淚滂沱雕青天子信如何黃騮老死金銀廄

留得并汾地已多
宰相闔門兩不任僂儸兒衆結同心官家草草眞無謂
悵看紙鳶宮裏沈
玉帶恩光及等倫推功漢室有賢臣危疑到此原非望
忍對太平宮裏人
侍中殁賜陝州莊慘酷偏蒙厚道償莫怨青哥無福分
天心早已屬龍岡
撓吳建策出東平統一寰區志未成不負永陵陵上土
可憐枉殺一孫晟

生民塗炭竟如斯死事千秋實可悲誰似當年長樂老
一生穩作帝王師

送張亨甫之鄭州

去夏君出都往視阿兄疾送君西門外馬鳴酸不輟北
來已西風南歸又白雪寒烏戀慈母桓山翼已折嗟君
遇未通出處無定轍奔馳二萬里乃若旋一室神物已
暗驚人言豈足恤天公信厚君迫使鍊詩骨豈慕貨殖
賢幸乞扁鵲術惜無白髮兄爲君作生日

六月二十四日招諸君小集十刹海分韻得調字

鳳城歲歲荷花嬌往者看花人寂寥謂癸未六月事今年爲花作生日新雨舊雨歡相邀夕照穿花水痕立微颸盪水花光搖小闌一角㕎花海暝靄沈沈低壓橋醉尋蕭寺假僧榻登樓待客還清朝清朝碧霧覆滌水豔若龍女施明綃褎佪展出水心鏡珊瑚朵朵撐雲翹湖頭百轉足流盼風前一笑偏難調酒闌人倦未肯去赤日忘卻紅輪燒昨宵清夢已無迹何況舊遊嗟幻泡雅繪儻能駐風月新詩紛已投瓊瑤主人別花惜別客秋光回首江南橈次日余奉命典江南試

驛館與仰山前輩談河間古蹟四首

漫水斜陽去路遲金沙嶺畔暮蟬嘶九十九淀秋光徧莫問當年子貢陂

萬春山色古娉婷曾照賢王汗簡青一自桃花零落盡誰從瀛海訪遺馨

廣川寂寞董家里雲蓋蕭條賈島村獨有風流未衰歇文章千古好重論

荒原落日挂紅鉦不見將軍細柳營萬縷千條迷古驛蕭蕭去馬向秋鳴

雨後抵高唐州

昨夜月浸幌清朝雲墮衣涼陰初作態炎暑忽銷威野水生煙綠田花洗露緋高唐山畔路蟬噪入霏微

東阿道中望魚山

陳思鬱東藩聲情動慷慨不見洛水神但聞魚山唄夕陽枕西磵明月銜東砦山光照清河靄靄煙波外

孟廟

故里仍鄒舊巍祠自宋新齊梁悲往轍堯舜望斯人地闢靈泉遠天乖古檜春重期仰遺像日月耀貞珉

滕文公祠

昔聞間齊楚蕞爾此滕都問禮勤賢傅行仁勉大夫山遙空落鳳祠古但啼烏何處上宮館斜陽慘綠蕪

徐州渡河

山色莽無際河横天上流漲痕潛落岸溜勢急吞舟郭樹沈隄外人煙散渡頭歸鴉向何處夕照滿黄樓

銅山道中河隄曉望

河湖爭蕩齧觸目憫林烝高岸霖成潦低田草没塍地窮宣洩便戶尠蓋藏能號鳫盈中澤秋風盼歲登

不寐

不寐貪露坐袒裼乘夜涼茆檐欝餘暑敲雲蔽星光于
役二千里葭菱猶未霜滆滆河流盛滔滔淮波揚淫潦
之宣洩一葦問道航雞鳴視河漢明發增傍徨
浮雲逐日高飛雨挾風迅平流百尺齾連檣不敢進稻
田湧作湖瀰瀰湃杳無畔已見炊煙稀徒歎轍跡斷潋潋
水中魚喋喋枝頭鸛此邦稱淳俗流亡豈習慣鳳陽流民吾江右常有之遂有以爲風習使然者誰尋鄭公陂莫問夏侯堰雨日滯臨
淮媿飽船家飯

清流關

勢壓磨盤雄天河俯瞰中澗風秋咽角嶺月曉懸弓盧
堠人煙合危橋驛騎通香泉儲萬斛欲問醉鄉翁

紅心驛

我家江南西千里不得達道逢還鄉人晨夕望鄉發驛
右君車脂驛左我馬秣垂柳各東西不得相采掇五更
雞鳴時起視斜漢月月自西江來照我高堂髮堂高語
明月照我向
北闕明月不可梯夢魂兩飛越

濠梁驛

日落市闤靜雲散濠梁空流水逝終古退哉莊惠風秋水落葭菼中澤號鴈鴻修鱗戀淺渚不隨淮海東荇藻雖云樂網罟嗟何窮不見濠梁上鵠立皆漁翁

至德州懷徐東松暨盧魏二生

瀘谿有二生知我徐夫子飢寒不暇顧苦欲學詩史夫子寄我書八月章江涘答君何遲遲月冷魚山水文章出有神光怪豈不偉孰云草莽間終老巖穴士河流尚未冰思君對鮮鯉吾徒孰升沈消息無寸紙

己丑三月二十八日偕徐廉峰前輩招集同人江亭餞春分韻得復字

西山接大行北海環上谷旣霾塵土襟亦敝英雄轂茸茸雨後葩蒼蒼煙際楸春來一何遲春去一何速送春鳳城西孤亭縱遐矚有酒為誰酤君子美如玉新知神所契舊侶歡亦續但愁轉瞬間春雲散芳躅東南好山水靈奇娟幽獨何當謝勞生釣遊同往復

閱盧籟亭紅竹山房詩草題其卷端即送南歸竝寄瀘谿諸子

十年南北別聚首歎無媒爾獨吾軍壯三千里外來故
山幾朋輩相逑且銜盃又向雲林去新詩對月裁

神木歌

東府城空王氣摧萬歲山前宮殿開大木參天工失裁
無用爲用神驅來置之東門象出震觀者䢭峩詫山峻
雷轟電裂百怪避臥理坤維作雄鎮中空外廓如枯槎
剝落蘚石嵌風沙白晝茫茫蒼海立老龍睒睗靈蛟拏
君不見有明中葉貂璫熾西山土木誅鋤遍又不見潰
池兵燹肆毒痡蜀山碧血明社墟滄桑閱盡惟神木囘
首蒼涼泣馬湖

題徐健菴尚書遂園修禊圖

昔在康熙際鼎門鬱崑山槐廳豔載筆棣萼昌且繁卓
犖尚書公聲華馥荃蓀修書洞庭罷泉石餘蕭閒辰
值元巳禊飲開名園招邀靑雲侶談笑追古歡朱絃韻
松鏞滌醴延蘋灣圖成辨主客詩就賡箎壎因歎王內
史俯仰嗟疴屯蘭亭雨載後乃聞晉墓言何如
盛明世解組歸卬欵
朝端俊秀攬林下耆英攀鹿城何隱隱茜涇流潺湲風

流方不沫以屬名家孫

己丑六月同人約爲歐陽文忠黃文節二公作生日（文忠生景德丁未六月二十一日文節生慶歷乙酉六月十二日）遂於十六日招集後門外海子上看花即修前約分韻得十二錫

嗚呼靑原之峰久寥闃黃龍之泉亦幽寂宋社滄桑七百年二公隆隆若寶鬲昌黎才起八代衰少陵氣屈萬人敵嗚呼二公乃以文章傳天使羣愚肆騰焱屏跡西湖豈守貧傷心百粤同投汨六月旣望慶雲羃晴湖萬花光歷歷靈辰宛其瑞蓮生淸酒齊將玉船滌平山堂前花月寬落星寺外江湖逖二公生世尚不諜茫茫千載渺何覿小子曷敢桑梓私諸君各仰典型錫儻因嗜古得性情何異拈花絕辨析君不聞此地昔日李西涯煙雲供養花四壁玉河冷冷響漣漪匹馬幽期何處覓（本李文正詩意）招魂我欲呼巫覡

松筠菴謁楊忠愍遺像

忠愍昔稺齡牧牛試艱苦志遂身竟危赤血灑黃土往事三百年生氣凜猶覩福堂絕筆書惓惓及兒女就養

何從容成仁聖所與彎弓射浮雲於天究何補作鑑烱千秋自分甘鑕斧載拜謁公祠芹蕨芳在俎誰憐驟雨樓妖狐快寢處

送湯茗孫中翰歸臨川

赤日鼓風輪火雲忽墮水暑極涼漸生人事亦如此行藏無顯晦禍福有伏倚愛止葆厥軀持循在君子槃槃中翰才早擅鳳池矣比歲春明居交攀最密邇老成多彫喪後進鮮繼起俊茲謝病歸使我感桑梓白髮方倚閭瞻望慰陟屺山中有芝朮食之可延紀想因潘岳閒頓悟嵇康旨何日重論文西山粲石齒

哭長女蘭吹三首

涼秋九月初悲風颯然至吾女甫二十奄忽遽云逝前年爾母來俾爾適爾壻聞爾送母時臨風慘揮淚詎知一為別母女成隔世嗟爾為吾女十載五異地不如穀翁父子常歡萃爾嫁吾不聞爾病吾未視吾於爾何疎天於爾何忌何時能再來全吾骨肉惠十指不齊長秀實豈一致輾轉腸九迴永夜悄無寐

爾昔隨爾母從我居瀘陽摻手折桂枝丫髻簪海棠逾

年始八齡別母摧心腸歸侍曾祖母柔慧歡在旁及爾
母旋日爾巳工蕙纕頗能戒非儀謂可事尊章胡爲倏
奄殁嗟爾命不長八月音未達七月爾巳亡
爾病壻出門促裝問懇款懷中赤嬰女呱呱始轂浣瘧
鬼怪忽纏星度驚遂剗壻歸視爾歛雙淚流潸潸生者
愼莫傷死者幸無戀堅璧有時碎韌絲有時斷所嗟竈
火徂不少須臾緩爾魂何處招爾命亦巳短不如秋後
花經霜猶在眼

仙屏書屋初集詩錄卷之六

宜黄　黄爵滋樹齋著

桂林龍隱巖陸放翁詩境兩字歌

扶疎桂之樹託根龍隱巖浯溪之尊曲江石得此鼎足眞成三放翁去將千年矣詩魂何處窮趁趕厥初宦遊始閩海瘴癘不侵詩骨巉山川建業盛衰感風月隆興來往旣入蜀官微詩益富一翁頽放憑譏讒嚴陵山水天有意立談不果迴征驂惜哉南園輕再出桑榆貶損傷婀娜我讀翁詩若杜老我觀翁字如蘇髯當時豪士方信孺是否與翁稱意姚乾坤笠屐相俯仰妙旨處處裝華嚴只今寂寞湘江潭苔蘚剝蝕光怪潛千錘萬本轟谷谽蛟螭嘯壁猿啼龕使者謂周小湖前輩贈我珍貝栩懸之斗室萬象函一鐙熒熒歌劍南鉢劇心腎開神緘

張亨甫夢遊天台觀瀑圖歌

謝公踏破看山屐天台面目未曾識惟有寒巖兩導師守此靈閟無人知怪君獨入赤城路咫尺雲車絶飛渡玉龍夭矯蟠胸來萬壑千巖失幽暮一句何清冷飲之肺腑清萬生澤雙足踏翻東海鯨流波逝去一萬古卻

來探索河源星上有斗牛不可以逼視下有絕磵深險
藏魑精詩魂到此苦逼窄忽然兩腋空飛騰浩挾元氣
隨降升夢想何必非真形安能相攜石梁去爲我啟此
塵世纓桃花落澗蘿蔦靑醴泉甘洌胡麻馨世人誰不
羨劉阮眼前洞戶迷榛荊

次韻答簡夢巖

白雲照春海山色萬古姸
國初諸老筆鼎足千秋傳峩峩二樵子奮翰乾隆年峭
厲脫風氣精骨追古先潦倒嗟畢世卷帙留遺詮乃知

奇崛士風雅猶能肩君惟其桑梓聞聲感哀蟬識君已
十載日月飛鳥遷厥初快把袂放浪無拘攣醉沽燕雪
酒豔擘吳雲箋與闌蹤跡疎各悟喧靜緣況復遠離別
相思空結纏君有靑玉珮愛我今能捐所期善交久一
榻爲君懸升沈何足論勉營壽世篇

讀湯海秋敘懷惜別贈吳蘭雪刺史之作斐然和
之

易道悟往復詩教辨貞淫自非豪傑士把臂誰入林楚
南有君子結契於我深古貌既落落大言何炎炎寢饋

必退之溯游到子贍志學十五年將爲風雅擔吁嗟子之識峻與嵩華參吁嗟子之才淵爲巨海涵揶揄路旁鬼爾顏何足酧嗜奇孰仙聖集益及愚憨君泛湘江流我登廬山峯湘雨屈平淚廬雲陶令心編詩附三百此爲陶知音南城詩徵作顯晦窮搜採始陶而終蔣論詩旨清嚴南城曾賓谷前輩編江西詩徵有論詩雜咏五十四首始陶淵明終蔣清容百家遞騰躍一脈中韜含後生誰繼起此業吾所耽四海遠莫覩桑梓宜飽諳敢墮先喆守而爭世俗貪勁竹有茂實貞松有繁陰如何託飄蓬無根與浮沈捧心效顰笑毀

骨騰謗讒變亂自爲厲顛倒人豈堪誅之類獲醜縱焉嗟娟闇萬蛙或齊鼓一鳥翻成喑人生匪金石疾景愁逝晻一爲識士鄙晧首徒荒躭君乎得藉手鋭意無嬰婾樹君芝蘭室惡草從之芟追思古作者芳烈貽靈襟筆繪九霄日墨灑入方霖眞氣天地塞正法鬼神欽透迤即輕薄喪此德悟悟骨委毒猶布百輩同一殲君乎無獨善與世爲鍼砭牛蛇絶怪誕紛黛除輕纖不爲嬰兒語不爲老生談一字必矜愼詣苦而意甘庶幾斯道尊志士之所忺庶幾古道復俗士皆結箝有友徐與郭

永豐徐東松湘潭郭羽可儀霄仗處青原潯想登六一堂孤衷神默歆
李侯及艾子南豐李牧臣覺東鄉艾至堂暢才亦非山凡四子先余騤
骨幹森巉巉終然失提拔哀響閟青琴恐遂迫饑驅老
死誰見尋郭生最崛强萬里走趁趕悲歌激燕筑君顧
知其恬余豈狹隘量鄉人語詹詹誠憂亂厥本而爲智
者戡江河發雲漢萬派同源斟我師古人師六幕一苔
岑茲事賴砥柱爾我當擇任開徑望三益結交恥黃金
徐子廉峯前輩喜吟詠有客能溉翯往往致奇士氣類無北
南君其與之遊風馭而雲驂披髮叫閶闔誰能肆嘲吟
君詩投吳叟吳叟攜向黔因君一展誦鸞鳳迴清吟

畫貓

嗟爾畫工不畫深山之猛虎巨海之神龍龍虎變化不
可測度使之搏鼠不爾貓若貓兮貓兮坐爾華堂氣胡
不奮威不張耳不聞齧囊之黠目不覩翻盆之狂君不
見神荼鬱壘態貌麤當門鬼蜮紛揶揄又不見街頭邏
卒密如織盜賊公行禁不得

次韻徐廉峰前輩龍樹寺作

高閣凌虛盡日開幾人閒爲看山來樹聲涼已破清夢

草色濃猶潑綠陪愁說斷鼇翻玉柱喜聞駿馬市金臺
會須同就重陽菊明月當頭笑舉杯

盂蘭盆會詩

仗雨闌風鬼哭苦餓鬼纍纍三萬戶元都大醮玉京山
僧尼道俗歌且舞歌且舞懺佛祖送寒衣燒冥楮櫂龍
舟擊鼉鼓幢幡寶蓋大道旁男女雜沓更三五餓鬼啾
啾泣終古不聞餓鬼解倒懸但聞僧尼道俗饜酒脯吁
嗟乎男不稼兮女不縷野無田兮室無餔死爲餓鬼亦
其所君不見通衢讀瀆無人聽古寺燒香怕鬼怒

磁州行

有客磁州來命我歌踏災地震一千里磁州百里尤可
哀歲在庚寅之閏月二旬有二天地怛陰風慘慘鳥鳴
蝟六鼇噴怒濺碧血黑水乖龍化爲豺暗嗚化吒食人
骨鬼伯哀號晝不輟或言城門磚粉碎無一全或言聖
人居寸地獨不顛其餘官民廬但見瓦礫無人煙吁嗟
后土何不仁披髮叫閶闔
天子哀黎民踏災之吏悲酸辛嗚呼爾吏踏災踏未完
聖主酹勞恩若山

軒轅陵

朝望軒轅陵夕望軒轅陵白虹一千丈中有神龍升七十五戰蚩尤死大風吹裂涿鹿水決策應自崆峒子碣石乃有昭王臺求仙不得非仙才

弔雙松歌

彰義門内大報國慈仁寺二松相傳金元時舊植也今無有矣漁洋先生有慈仁寺雙松歌因和而弔之

昔從鹿洞攀古松攫拏海嶽雲濛濛山靈告夢十五載披圖髣髴髯叟在竭來燕市訪雙株茫茫卻憶金元伐百折千盤歲月深風雷白晝爲哀吟伽藍殿頭枝格格毘盧閣外陰森森昔日蚪龍舞相向今時元鶴誰招放我生不及追新城岸幘雄談月初上法輪寶相幻無邊不見楊枝灑露泉閉門落葉秋如海近市紅塵春漲天君不見蠟海軒黃姑僵臥呼不起又不見杏花園飛英零落一何駛何如不知不識空山中千載嶙峋老樹子

戒壇活動松歌

西山蒼虬一萬枝戒壇兀兀乃特奇生平莫問隋唐植

閱世幾泐遼金碑空山嶷嶷走白鹿鬼怪守護森結束
屈伸夭矯白石壇風雨不動蟠如山不動如山動如水
活潑潑地那有此怪哉此叟太支離支離其神壹其體
一髮全身事偶同須從物理悟元工倚來月上太古洞
撫龍雲生極樂峰

烈婦吟爲劉新姐

新姐甘肅會寧縣人歸同縣生員盛敎治未逾年盛卒新姐手治歛具旣畢潛出冒雨投水窖死其父翰華官京師聞狀述槩如此

血淚慘慘天雨傾雨聲哭聲相閒并西方有女士與夫
同生誓同死雨聲不止哭聲止偕赴泉臺婦投水杳杳
黃泉冥冥蒼天願爲比翼鳥折翼投三山願爲比目魚
瞑目沈九淵衣裙密密縫不許旁人牽鬢髮何總總猶
堪鬼偕憐噫嘻巇盛家新婦何能然視死如歸生獨難

撫州行寄太守郭松厓前輩

羊城山宛宛半插高空半平遠羊城水湯湯其源清激
流汪洋墨龍池上龍飛翔星辰照耀垂文昌名賢典則
首陸晏名宦風流首謝王石人晴雨天無定金窟銀峰

地寶磬水泝巴湘佔客窮山梯閩粵征夫病黃山之山高高可種竹黃水之水深深宜禾疇乃有不耕之夫原上遊盜筍不足還盜牛我生之初風尚古歲時伏臘羅尊俎昔日崇墉足穀家今時飄泊無聊侶臨川之南龍骨渡乃是逋逃淵藪處爲狐爲鼠遑恤他爲虎爲狼當奈何父兄教不先子弟率不謹不見阿芙蓉家家鬼結燐士貧孰義學民貧孰義倉貧人挑鹽富人食官吏捉鹽鹽被攘安得反澆俗盡爲農桑民安得挽薄習盡爲絃誦人我聞顏眞卿治陂灌田民利均又聞秦起宗儉約安靜民化淳公其邁古昔與民爲更新愛民之吏公其舉賊民之吏公其甄玉田氣氳靈谷芬側身南望歌神君

瀘谿行送楊鑒泉大令

十年不看瀘谿山夢中雙鶴來珊珊十年不飲瀘谿水接龍橋下無尺鯉西郊梅花三百株當時坐我冰雪區孤芳無人成獨賞看罷歸來傾玉壺君今作令涉瀘渚爲君載歌瀘風土瀘山高高瀘水清瀘士樸愿瀘民苦試望逍遙樓浮雲變春秋試躡妙高巖山從人面起龍

馬山房落葉堆岐山漢嶺空崔巍古人往矣不可作策馬佇立斜陽曛我昔五載居瀘陽君方教士沅之江恨不相逢爲主客與君政暇論文章

答湯茗孫中翰偶閱郡志有感寄懷之作

先生玉茗之詞孫雅才端合居臨川蛾眉入宮動謠諑高吟負負聲淵淵尚想衡鯨戲春海豈虞病鶴還秋山千里懷人思悱惻三篇示我情殷拳上言法戒感先哲下言夭殁傷時賢吁嗟先生意良厚拭目文昌光燭天金石臺空逸雲物墨龍蜥蜴鳴不聞賤子徘徊悵孤立

力微那得與儒頑燈火横窗自展卷酒星瞰戶還傾尊我欲汲黃蜂誰與濯纓尋清源我欲跨赤鯉誰與鞭石遊崑崙不然廣招海內傑四方上下雲龍騫安能低眉下俗子使我意氣無由伸鵝湖鹿洞久蕭瑟炯然義利千秋懸一爲文人無足取況復驕吝肆其姦吁嗟先生意良厚我心實獲思古人

盧山

廬山有五老相友不相挾風雷失嘯傲元氣通闢翕試從獨對亭望之若儷立俯同雲海噓仰共星河吸衆峰

自兒孫相與成豈岌不知天地初五老何由集日夕夢寐之山靈笑不答

有鳥三首

有鳥有鳥名長離音激揚兮求其雌厥雌非皇兮鳳瞎之彩色晦失兮德義衰鳳兮鳳兮爾何以非雌爲

有鳥有鳥名鬼雀白頸大喙聲譪譪此鳥能令鳳凰詠死白晝兇人人爲之不樂驅之驅之妖由人興兮不自作

有鳥有鳥阿蘇兒麗容采采披綠衣自言解求無上道

老僧兒之癡且愎吁嗟乎老僧不能畜鳳皇畜此巧言之族我心傷

江亭送秋放歌

鳳城南有江翁亭獨當一面西山青遊山有約竟不果秋風獵獵摧枯槁蘆絮點白翻綠觥揮觥參錯笑語騰不覺風際斜陽明天公感人慘何極秋來無端去無迹我欲大叫馮滹沱挽此秋江旦夕之逝波

殘菊吟三首

絫藤附古松鮮葩粲縱橫不見松隕斃但惜藤飄零扳

援豈不牢倚畀安所憑嗟哉此殘菊孤立猶亭亭
桃李二三月紛紛紅白花冶遊盛年子寵昵爭光華太
息蜂蝶妬狼藉先交加嗟哉此殘菊寂寂秋士家
長安賣花翁種花鹽寒歲雖然先時榮弱質易彫墜分
無再開時傾洩甚妖沴嗟哉此殘菊孤根茁元氣

與潘四農論詩偶述八首

名都白馬耀人寰陶杜千秋鼎足間我欲瓣香添一座
香鑪峰下白香山

瓠史千年休挂壁石經三部要摹碑百家衣體聊遊戲

下筆原宗杜拾遺

宗工一代首漁洋佳句名流迭表章若使篇篇追漢魏
應難收入小滕囊

列國風謠貢不聞采詩官廢選詩紛有誰淬厲龍泉劍
碧海青天洗毒氛

嚴武幾難容杜甫溫公未敢薦髯蘇感恩知已分明在
悔煞才人體段物

空同大復苦相訾逸氣雄才各不虧誰爲故人釋囹圄
當年跅弛失良規

誰將文字覷天巧韓筆眞堪配杜詩怪道青田誇二鬼
元和雙鳥巳支離
學士詩成每自誇道園著作定篇家後來只解新詞句
春雨江南唱杏花

江南行送姚石甫大令

民病醫所治民命官則司蒼天蒼天胡不慈我歌江南
悽以悲姚侯江南人去作江南吏江南之民溺以饑許
身稷契侯所師惜爾應非百里才陽侯迫怒翻江淮蒿
目誰瞻東南災
天子曰吁爾往釐大吏聞爾當諏諮姚侯此去毋逶遲
江南江北民無歸白日但聞新鬼哭四野幾見流民炊
或言此災是海嘯海水倒捲江橫馳又云老蛟彼山出
直挾黔楚噴百溪蒼天蒼天胡不慈何物乃敢干天威
聖主如天覆不私一夫失所嗟百罹姚侯此去毋逶遲
要鋤根荄愼防維信友獲上侯奚疑

秋雨歎寄海秋亨甫

秋雨颯沓淒五更孤燈無燄樹有聲百年之憂一息集
虛室疑有鬼神入文章鬱鬱感我腸世事冥冥幻轉睫

四海知君意氣大湯生兀兀張生拙非愚自笑北宮窮有懷欲救翳桑餓我有破屋如盧仝秋深四壁愁雨風杜陵怊悵萬間廈此願恐付虛無中湯生家滄陽滄陽之水橫披猖將生來燕市燕市米價亦騰起無田可耕祿可養白雲高高悵南望君乎與我同寂寥黑頭那得取卿相西望翠微山山中泉石何蕭閒我有夙約竟孤負終夜漫漫坐愁歎張生三日遊未回湯生咫尺亦不來眼中之人生我哀謂及門章生昨者珠玉今黃埃吁嗟萬事乃如此日月遷流枉悲唏明朝秋霽堪登高安得痛

飲中山醪

贈范叟

當年生入玉門關楊柳青青送客還回首那能不惆悵夕陽盡處是天山

答侯瘦鶴

君任三山亭子間朝朝當戶看三山他時若訪安期去東道能開竹裏關

宜黃　黃爵滋樹齋著

同吳子序入翠微山訪亨甫大悲寺

張生遊翠微忽得隱寂寺冒雪載詩去孤吟悄不寐不寐夫如何抑塞平生志聊攜一尊酒與君佐譚藝月靜華在空風微香到鼻夜嚴逼星斗天雞破寒匯

由龍泉庵至香界寺

寒日射空巖泠泠泉可汲僧逐采樵歸人隨飛鳥入俯視已蒼茫仰觀更岦岌落葉滿平坡還向風中踏

寶珠洞登極頂作

諸天入山腹大地蟠吾襟憑欄一以眺都邑何森森黃塵覆十丈浩浩人海深茲遊悟解脫揮手登危岑太行既阻絕桑乾綠湛湛安能奮遐舉聊此爲哀吟

由秘魔厓返大悲寺

盧師去不歸二龍跡杳然惟有山中僧敗葉煮寒泉老松立青壁險絕不得援厓前怯久坐礀底貪窺緣循坡倏蛇赴入罅如蟻穿逡巡出石腹轉側迴山肩人語墮夕暝棲鳥寂不喧團團昨宵月縹緲升雲巔

靈光寺

覺山何所覺西有清泠泉我行出山去清泠不可聞傳聞翠華塔高竝翠微巔千年怵與𪊲𦡱跡寒蕪煙

長安寺

靈光路南轉瘦柏如人立蕭疎一百株對我疑俯揖載尋善應松奇絶矗階級落落青虬鬚差差白龍甲可憐桃李朝遊客亦踵接我來獨何遲信與後彫愜

釣魚臺

昨過花園邨臨湖挹晴翠淙淙牐前流鬱鬱坡後卉今茲地始凍往來怯風厲冰日相映射寒光澌㲩㲨因思王處士慘淡入詩氣自非李欽叔仙語孰知貴惜哉投囊篇何似垂竿餌太息語吾徒潛心竢良會

張亨甫博陵登眺圖

有客挾驊騮徘徊走燕郭醉登黄金臺覩星叫伯樂有時賦鴐鵝飛鳴何所託年年鄭州道荒墳弔扁鵲冰雪滿滹沱幽幽日欲落漫擕中山醪一覽安邊略廣漢聲銷沈王商不可作至今博水間蒲葦但蕭索勸君且莫悲蒼蒼視寥廓古來豪傑士不敢怨飄泊時晦霧藏豹

機通皋唳鶴君今入翠微兹圖挂卯壑前塵黯欲驚舊遊恍如昨目極保塞南寒雲浩朔漠

東家有女行贈苗仙露

東家有女名添丁十八作箋歸苗生入門拜生問生母願佐中饋調杯羹妾從江南來行過洛水北道旁不少似兒人啼饑號寒行不得行不得别爺娘爺娘罵女活女命女别爺娘空斷腸朝汲水暮紡絲汲水不爲爺娘食紡絲不爲爺娘衣風吹遊絲罥高樹落花紛紛墜泥污君有佩兮青瑱玕妾有懷兮赤瑛盤君當報親爲親歡妾當報君爲君歡

感舊詩十二首

家素堂先生

弱齡請業許從容每羨家兒向阿翁坐對主賓雙桂下詩成風雨一鐙中生前馬鬣誰造死後方干報亦窮吟魄淒然更何處鳳凰山北武夷東師嘗遊杭州及閩之武夷

鄧鴻洲先生

清姿奕奕是英年此師癸酉秋試房評語意對鏡那堪白髮憐鴻雪飄零傷故我師自號雪鴻老人竜書蕭瑟抱遺編師先世衡山先生著有竜

書堂詩集堂前春色嘗傾蛾郭外秋聲每聽蟬差喜到門無
俗士只今空谷已荒煙

瀘谿魏松齡先生

諸孤藐若近何依十載黃泉涕淚揮未信鷹鸇為令健
自甘苜蓿療儒饑長安幾載劉棻酒故里誰摳范縝衣
裘馬風塵總蕭瑟先生原不愧知幾

余誠齋先生

崛起荒江惜此身不求聞達性情眞著書但欲傳家學
讀易誰能索解人一去空林悲落葉百年逝水失潛鱗

杏花溪上梧陰屋欣見雛鶯弄好春

臨川紀慎齋先生

少小聞聲一見君蕭蕭鶴髮氣干雲神仙不薄人間吏
先生令什邡人呼曰紀神仙雷雨深藏篋裏文閱世辭榮心自足戒
人作令語偏勤平生學易師陳邵咫尺無因證舊聞

永豐張鵠舫先生

青原西望鬱蘢葱前有廬陵後一峰我識先生非俗吏
獨存古道見儒宗傳家手澤堪楹皮歷劫文章愼笥封
憶別東湖蕭寺裏桂花秋落夕聞鐘

羅硯傭前輩

一棺誰送海東回天絶斯人劇可哀野穀不生民待命
黃金無術吏非才百年烏羽飄風盡令兄位齋亦有學行先數年卒兩
世蘭芽慘雪摧終感
聖恩重艮牧先生令盩厔行保甲破重案仁廟有盡心艮牧之褒歸魂含淚話
泉臺

歐陽詩樵婣丈

春風開徧繡毬花稽古軒頭夕照斜稽古軒讀書處君誰識有
才過短薄劇憐無命似長沙一堂師友情懷洽庚午辛未間寻

隨素堂師壽泉兄與君家伯仲嘗爲詩社百戰文章涕淚加雛燕飄零忽南
北不堪回首舊雲霞

外舅李庚垣先生

二十年間飛鳥過眼中杯酒動悲歌荒原薄葬松楸暮
破屋寒炊子婦多有志儻能守耕讀無端或恐見撝訶
思歸正有淇泉淚雪影蕭蕭下女蘿

峽江郭韻堂廣文

梅花一笑寒煙外出郭沿溪攜手行瀘水未堪明月去
笥山已許白雲迎庭前老母機猶切膝下嬌兒經共横

底事百年工嬾散蹉跎未肯學長生

東鄉胡仲玉戶部

天南海北不勝情誰料依依判死生猝病妻孥斷消息聞丧故舊半疑驚竟辭作吏原無負（君以拔貢朝考得知縣改就校官）若晉名郎定有聲苦憶燕門宵話別微雲澹月一尊傾

新城陳伯芝庶常

低徊京國千秋別灑淚西風向海天其是醉翁門下士極知同甫世間賢科名垂老曾何補文字埋頭恐失傳奇語巴西黯雲月空嗟雙璧種藍田（君與余穎霞進士皆予鄉舉同年今兩君先後卒座主吳梅梁先生自四川以書來問因並及之）

懷人詩八首

座主會稽吳梅梁先生

照人誰似中天月不任浮雲半點遮自是愛才深報國絕憐落第未還家當時屢費升沈問好句彌慙賓客誇廩粟只今糜上谷音書何以慰三巴

宛平劉藹亭先生

蒼穹欲問涕汍瀾海國淒涼落照寒自典朝衣笑沽酒誰分俸米勸加餐妻孥不信爲官好風雪眞愁行路難

獨倚濤頭發長嘯蛟龍猶爲報平安聞赴臺灣渡海遇風得無事

錢塘張麗生府佐

紅蘅佳句舊流傳君舊有紅蘅閣詩草不見張侯十二年古服勁裝師往哲妖歌嫚舞悔時賢蠡湖一勺能消渴盧岳三秋只對眠欲取新詩爲往復夕陽搔首斷雲邊

臨川游雲嶠廣文

九江浩蕩飛鴻際不見銜書到遠郵風雨瀰天破蛟鼉文章無地畔牢愁四紘掩抑蘆花渚一夢迷離橘樹洲東道主人能泥飲飄蕭猶記共登樓戊寅九月偕君自劉坊至許灣禮圍

主人姜鶴亭留飲累日

瀘谿傅箏圃秀才

酒闌撫劍二悲呼白屋寒燈風雪孤世上榮徒羨軒冕斯人窮可託妻孥試烹溪水應憐濁偶種庭花便不枯憶爾蕭條歧路別何時踐約訪痲姑乙酉秋予馳書約君遊麻姑山比君之南城予以病不果行

德輿余東才明經

逍遙樓畔對君譚苦茗千杯酒百甔春雨過憐花寂寞秋風吹憶鬓鬖鬖縱驅神鬼才何用但老江湖夢亦酣

三疊泉飛足明月君嘗遊廬山觀三疊泉幾時高臥其精藍

空山一卷自長吟落葉騷騷天地心雷雨匣中無故劍
風濤海上有靈琴已知養豹成文彩卻憶飛鴻空遠音

寧都甯卓峰徵君

三魏堂前斜照滿二廬峰下暮雲深

泰順潘穀士明經

君任晴川孤嶼間波光如鏡岫如鬟壯遊獨爾輕離別
饑逐何時返故山涉世因嗟孟門險知音偏爲伯牙慳
當年縱酒酣歌地落日浮雲涕淚潸

辛卯歲除家大人六十生日敬述示兒子楨林繫

我年將四十我父六十春養志竟奚似奚以慰吾親我
幼嗟失恃惻惻無母人上賴祖母慈飲食養其淳我父
亦憐之小箠不加身我祖年六十攜我徂陘畛習與老
農語一一聞艱辛十六附學籍二十貢成均廿三作司
訓攜家瀘水濱我父時時來不避荆與榛視我妻與子
量我米與薪諭我課諸士無客無逡巡廿七領鄉薦攜
家還宜津堂上辭祖父室中淚沾巾壯遊輕離別奇氣
鬱欲伸文字動卿相命數厄鬼神師友强留之蹉跎迫

窮鱗謠言沸鄉里豺虎踞四鄰既毀我室家又傷我天倫卅一成進士蓬山登嶙峋祖年方八十奄忽摧雪菌歸拜祖母父泣血盈素茵聞當易簀時念我猶在脣遺命給貧斧使我無驟貧嗟予守詩書食報由祖仁何忍累骨肉而敢私廩囷但恨心計拙號啼非無因我父今六十愛我徒忞忞豈無賢服屬豈無賢婚姻事梗情莫達年荒勢亦迍側聞今年夏雷雨轟蛟螭千夫荷鋤泣炊斷惟青燐爲仁無富室幸禍有奸民縣官縱之噬弱肉強者信嗟彼東南災浩浩翻天輪流亡伏四野不得

向天呻山區何足惜蹂躪使其泯我亦有敝廬他人塞且堙我亦有石田他人畬且畇近畏鄉俗壞遠念世事屯安能叩閶闔直道還斯民上摩日月蝕下決江河湮桑梓沐吾澤戚黨飲吾醇以我養親餘養我教子賓作詩勵吾志兒亦書諸紳

四十初度次韻酬亨甫見贈之作

繄予坐無聞忽忽四十年逝矣日復日庸怵他人先意氣昔方盛文章況易傳美酒輒數斗一洗胸塵填醉來多謬誤獨醒還問天陰求天下士與世誰仔肩豈無平

生歡寂寞誰爲憐痒者澤其車愚者豈以田騏驥駕千
里渴飲不得泉長安始得君如月融澄川君時未三十
氣骨何岸然以君名未就使我懷屢遷送君逐南北魂
夢紛糾纏君方憤憂患予輒叢悔慾娥眉動見妒南箕
工緝翩或鼓或數罷或喜或泗漣世情雜疑信術業難
自專百年迅飛鳥萬事眞浮煙欲獻雲和曲誰張清廟
絃欲埋水仙操誰泛東海船與子結同心豈爭旦夕緣
挽狂驚旣倒損疾悔不遄自笑不量力追逐徒蹟顚何
以報知巳何以惕冰淵子來勿遐棄俾我無遷延在山

爲小草出世爲王連禹稷況飢溺飽謝徒清便但恨歲
不與敢怨躬無權君才敵萬夫學更優於前寶劍愼藏
匣雕弓惜控弦雲龍期上下乘馬仍迍邅有田不歸耕
無田未空懸吾生巳如此摹擬徒陳編未能獲魚兔何
可忘蹄荃虛妥貴取咸自强當法乾與世較長短何異
訌市廛感君於我厚勗我交道全人才意運會忍使中
道捐所期善馭者其棄珊瑚鞭水兮波淼淼山兮石戔
戔誠通物無忌道濟古所賢不然學農圃猶可貽孫元
憶我三十時郭子示新篇古義切勸勉蓬心終戾旋今

玆愧艮友頗飫北海筵江南復有士於我加敬虔山妻亦好事繭紙搜連蜷再拜乞君詩遠韻流風蟬何以報君意媿之中谷莖與君永勿諼保此金石堅

風

振撼爾何意飛揚似有因觸宵迴短夢破曉見驚塵響激虛堂戶寒生矮屋人門前桃李樹披拂總成春

壬辰五月晦日江亭消夏時望澤孔殷作歌四首聊寄所懷

皇天久不雨兮田爲蓬祇攪我心兮噫其風有美伊人兮蓬萊東惠然顧我兮儼且豐何以飲之玉液鍾願與子兮鞭毒龍

皇天久不雨兮野如炎祇攪我心兮雲曇曇有美伊人兮南嶽南惠然顧我兮和以諴何以飲之芙蓉甔願與子兮騰靈驂

皇天久不雨兮井爲泥祇攪我心兮天投霓有美伊人兮弱水西惠然顧我兮清且宜何以飲之葡桃卮願與子兮甦尺鯢

皇天久不雨兮蔚無湢祇攪我心兮雷赫赫有美伊人

兮崆峒北惠然顧我兮壯且直何以飲之碧林石願與
子兮驅霹靂

泰山篇

峩峩泰山高興雲只膚寸二氣潛降升百靈爭效順
深宮憂萬民屢減天廚膳去年東南災今年畿輔旱神
聽豈無憑人心亦已嫚爾田有嘉禾而使草滋蔓我欲
驅惰農非種力鋤剗以此息神恫庶幾回天眷皇皇
聖主心圭璧方卒薦岱宗望若何重此天潢遣天心神
所依民命神所援爾神亦有威失職伊誰譴胡勿鞭龍

師一布河海潤而煩籲皇天涕淚揮雲漢

後泰山篇

曉起望蒼穹陰雲窈四合疑是泰山神夙駕朝閶闔初
訝龍羣翔倏如鵲散集欲施膏仍屯將調氣轉雜深井
無新泉茂樹有落葉但見日杲杲何嘗雨霅霅林燥鴉
不喧叢枯螢丧熠人驚見魃形官預捕蝗帖
深宮下明詔求 言戒泚滃凡百所利民補救必專輒皇
皇
聖主心天鑒神所答會須鞭龍師河海爲歕欲及今尚

可望過時空請慤更思東南區癘鬼恣血喋誰傳哀籲
聲奈此流亡溘豈伊人事窮神力或已荼敬告泰山神
毋爲黔伯黯嵩霍與華恆陰陽庶昭變

可求過時空請詔更思東南隱痛鬼哭血漿誰傳哀鴻
贊奈此流亡盜豈伊人事竊神力茂已忽散古泰山神
毋為楷伯點苦黃巾與華陵陰陽典昭發

仙屏書屋初集詩錄卷之八

宜黃　黃爵滋樹齋著

壬辰立秋江亭卽事次壁間王述菴侍郎韻

秋氣一夕至虛亭逈以高天猶倬雲漢水不滿城濠跼
蹐塵中駕江湖夢裏舠穴乾難徙蟻沙涸失藏螃靜驗
時將變深懷物所遭衆生眞蟆蟆吾意漫陶陶異俗蠻
猺猓荒年疫鬼豪天心宜善轉民氣恐多囂我負太倉
粟聊沾上谷醪孤吟但蟬噪於世亦牛毛嗜久因成癖
饕時空自搔旁觀足訕笑君子挾遊敖言大猶嫌杜行

芳誰擷騷蒼黃千態幻金石寸心牢不量追前輩休嗟
虱我曹他年望京闕此日攬神皋水部頻占鵲謂楊星山徐鏡
溪戴筠颿瀛洲共釣鼇謂徐廉峯前輩官憐催墨綬謂嚴問樵士尚乞藍
袍謂陳登之志壹神先定功深語必韜多材歸有用小技惜
徒勞旱魃驚焚火飢黔利執鼛牛羊有求牧烏雀不相
鑱笏向西山拄尊仍北海操夜來風雨急百斛洗吟毫

送鍾仰山前輩

踰瀚海而北是爲外蒙古其西科布多金山截門戶
天子簡大臣咨爾其往撫威信示諸王恩詩周各部前

輩中朝彥明刑昔已覩保茲仁民心絕域猶堪處漢風
吼層冰九月雪在廡氊裘那得溫奇寒愼所禦迢迢哈
屯河北流入唐努牛羊散諸泊遷徙詎常所練才
聖主知報績賢臣取酌酒送公行爰天洗涼雨

送林芾南假旋吳川

故人今夕酒遊子舊時衣涼月一帆去秋雲萬里飛到
時梅乍發夢裏客先歸獨我勞南望蕭然理素徽

送張浦雲大令

一雨新涼別緒催到時應及嶺頭梅重臣方捧平徭

詔健令尤宜救世才鴻鴈聲憐秋水濶驊騮道向白雲
開琅琊尚有東遊客（謂郭羽可）憶爾臨風句獨裁

贈孔宥函二首

俠士三尺劍才人五字詩藏鋒莫輕試陳義在深思之
子信良士超然能得師會當沽美酒一醉菊花時
不抗囂塵狀方滋山水心清光月在壑迴響鶴過岑我
欲采靈藥因之弄素琴風煙愁阻絕靜者意方深

題曹艮甫河陽金石錄後並送出都

人生匪金石所貴榮名傳榮名何所託壽以金石堅金

亦有時秉石亦亦有時捐惟餘萬古月流照黃河邊君昔經河陽訪古徧洛北安仁誰繼聲韓墅亦荒寂白楊帶古墟風雲慘無色蒼涼手一編姓氏半沙礫逝者巳如此來者空徘徊惟應念幽谷回首花石厓石厓不可居來上黃金臺秋葉喧馬首酌爾蒲桃盃君歸月始涼君來及花發努力共功勳不朽視奇骨

送亨甫南歸竝寄羽可沂州

狂風吹雲散入極雲欲合并不可得嘶風健馬空徘徊啼雲饑鴈何時息靑天古月如鏡飛不照團圓照別離

沂上有人夢招我孤吟魂魄相因依勸君且作琅琊遊好爲故人三日留吁嗟虛名曷足寶不若家園種秔稻君不見松柏友歲寒工師一顧開笑顏縱驚龍化九霄上終失鸞棲五岳間

酬史梅裳

有使持帖來貽我西海珍（時承惠哈密瓜）此物奚由貴可以清心神寒厲霜雪氣和生腑肺春還以語君子味道養吾眞廿載識姓字靚面嗟無因中間所親暱各自晤屈伸日月多晦蝕海水悲爲塵德功夫何如立言苦未純君

詩學杜甫遭遇亦等倫努力樹風雅刻琢返其淳谷虛
有靜羽川濁無恬鱗歌君所贈詩繼燭飲以醇木瓜報
未能永好懃風人

有酒八首

徐廉峰前輩屬山陰勞君作四子論詩圖潘四
農記之予方爲有酒八章因錄之以質知言者
圖中席地執卷者爲廉峰倚石立者爲張亨甫
握管如欲吟者爲四農抱膝相對者余也附志
於此補記中所不及

有酒君弗斟誰能飲其醇有琴君弗鼓誰能聽其眞有
酒且復酌春葩粲若雲有琴且自理皎月迴高寒人事
有顯晦大道無亨屯梧桐生朝陽鳴鳥倘可聞
飲冰怯中寒炙火或傷熱太和乃元音所發皆中節七
情苟不調八音何由徹百變返一眞道在孰信屈
何必九疊屏始識匡廬山何必九折流始信黃河源泥
古肖其貌未必恬我神氣盛水浮物時哉風感人萬類
動則變茲理古所聞
雅鄭聖所辨詩體近淫淆陳隋滌濫音效者何咬咬宋

詩似語錄猶被作者嘲言文豈不貴言巧亦已佻是謂攻異端害若洪流驕文人習相輕造物若爲弄天苟縱其才忌者復何用羣山有時頽岱華自雄控百川有時涸江海利納衆神龍大野睇天馬絶迹行是謂溯眞宰因之返虛靈道簡物彌包器繁音愈清孰謂守糟粕而可薦王廷老農事耕作悠然畢吾分未聞薄人功而妄疑天運知人艮亦難不知己奚慍趾亦有時壯尾亦有時遯幽默亦悅心仁者言可訒

文雉鳴春膇元鶴唳晴雪人詎不如鳥而自捫其舌計工道已達力盡心徒結淑慝未分明何以事旌別斯文如可廢孔孟當無述

吉安行送李蘭卿太守

緊昔犧樞文江頭斜陽百里靑原秋我思古人不可作芳芹欲薦嗟無由新詩愛讀徐仲子文獻千言搴原委永豐徐東松湘潭吉安文獻詩百韻有舊家常有未刻書貧士更無可負米山有鸞鳳誰則騫之水有蛟鼉誰則遷之頗聞嶺海言莫涉外江灘粤人謂嶺北爲外江以外江之灘險殺人道途惶

恐官不聞吁嗟白蓮花爲莠作雨神楖今在否我欲公家無負租私室有餘粟不有劉竺誰歌白鹿春風蕩兮迴燕門五花去兮騰五雲作詩遙語吉人士良二千石今來矣

言志答郭羽可

薄田南山下躬耕本吾分一希纓組榮翻悔酒食困老父白髮皤童孫總角丱骨肉十年疎情懷終夕亂夏暍思飲冰冬嚴思炙炭天功未可貪親志要當順有廬居吾父何必夸輪奐有酒介吾父何必備蜩鷃苟還天倫樂底事人爵羨伊昔喜文章頗欲求英彦劍必合雌雄鼎必區眞贗漢宋非兩歧陸韓乃一貫吪雜孰使然作與吾所願其或從畫吏使攝柄尺寸用人不用己何德亦何怨不聞樂正子所優在好善願集棟梁貞庶使磐石奠四十乃無聞蹉跎恐不振既孤君父恩焉避友朋訕偉哉郭夫子肝膽獨傾見屢自田間來欲爲天下援德可活萬人才未試一縣馳驅望康莊閱歷詫險澗心危識易疎道枉力難奮明月麗高穹不爭一夕電蒼松蔭增厓不爭一朝蕣出亦無所加處

亦無所悶何時吾與君結鄰向下濆

吳孝婦刲臂療姑前輩錢辛楣詹事爲之傳其子嘉淦予戊子江南所取士出此卷乞題

惟姑有孝婦知母有孝子刲肉以事姑婦孝亦云止吳山何崔崔吳水深瀰瀰金刀有時刓血誠耿不死生其慎所受俾母九泉喜

春暮飲花之寺四首

紅意闌珊綠意饒郊原春去路迢遙海棠雨過憐蕭寺芍藥風吹問草橋

帽影衣光冒曉煙惜花猶是暮春天年年春色過如夢片片花心浚似禪

往時詩社記頻開萬點飛花落酒杯秖有黃鶯餘繾綣風前故故啄莓苔

主客多情爲送春莫辭花下酒清醇玉鞭歸趁斜陽裏可念荒田望澤人

移居東艾至堂并示袁生

僦居長安市有若借枝鳥風雨苟足蔽飲啄亦自了有時迫遷移聊復力汎埽久暫晤夙緣去就信洪造風動

簾疏疏月入窗皎皎魂夢頗妥恬雞犬其馴擾招我匡廬朋話我故山好層厓黯青松清池荒綠藻結鄰願豈違芘廈功誰絡所期居高明相與窺奧突求安或垂堂得止即壓表孄眠竟何如一笑視鴻爪

答至堂疊前韻

兩榻噎飛蠅風廊警宿鳥琳瑯篇忽披齷齪熱能了二子命追隨一室先灑埽攻木必藉般登車幸逢造世人多汶汶君志獨皎皎平生一片心豈爲號啼擾故人趙（直夫）與李（榆郵）親見爲官好而我恧麇餼空復斂辭藻盛名

瓊莫副雅度憲誰絡白日易西匿一鐙晃堂突夜夢叫閶闔徘徊攬四表鳳皇自羽毛虎豹空牙爪

東徐廉峰前輩再疊前韻

丈夫貴適志飛躍信魚鳥胡爲獨皇皇丕復爭了了自從走東華車塵不得埽卑樓謝鬼瞰高詠詫神造相賞屢逢君雲鬟月方皎兩心互相澄萬物一何擾天謂君詩人宜任蓬瀛好大道悵榛蕪雅材幸斧藻授徒念薪傳課子思爬絡鐙燭或在堂梨棗或在突嗜好諒所同一室覽八表詩舫更何處（時君亦將移居）遲我烹鷹爪

飲客篇酬劉慕堂

火雲愁見騰高空蕭然坐我蓬壺中濯髮盈盈柏葉露牽衣拂拂楊柳風琳宮紺宇何玲瓏陰陽明滅迷雙瞳卻疑我佛萬千手化作千柄萬柄之芙蓉芙蓉託根在銀漢香雲縹緲神仙觀遙指虹橋路可通天上人間同汗漫龍潭老龍忽飛起萬斛倒瀉長河水樓頭碧玉有千聲鏡裏青天無一滓瓊島瑤臺不可留白日欲匿心煩憂主人飲客方未休驅車出郭星在頭似聞吉語要靈修招我桂華開日冰輪秋

送鄒級甫

返轡君方亟鄉園近若何盜泉能塞賣佳木定繁柯花落仙源古君族祖宋提刑居邑之桃源洞樓荒夕照多君居譚坊明襄敏故里有樓今圮臨風一相送惆悵邈關河

送李四如還江寧

旅跡太行北歸心采石東家無感中落天或縱文雄道義存知已饑寒切藐躬期君廊廟日不與衆流同

題張朋甫樂志圖即送其歸震澤

吁嗟乎張生悔不種稻太湖側無車無魚空惻惻手持

一卷冰雪文懋之國門世不識世間豈無足穀翁一笑讀書徒耳聾長安少年佩玉蘂寶馬一飛塵四起周旋未識向何門路旁寒士有赤泚寒士一第如登天苦無尺寸梯其身上天儻亦憐寒士有書可讀田可耘嗚呼食不必萬鐘可以養吾儒居不必廣厦可以芘吾徒孰借我瓻經師人師孰負我米傭書之子出入悠悠浩歌春秋亦農亦士予取予求吁嗟乎張生此樂信儻佯胡不掉頭返故鄉世人黃金會有盡爾志白髮猶能強秉時則蓺否則藏我展斯圖心徬徨

明金僉事豸華堂歌爲亞伯給事作

鈐山山頭荒狐狨黃河塞兮公一出蜀山吠犬欲噬日大璫炎兮公再蹶吁嗟僉事非懦夫傲骨歸可葬西湖豸華堂高一萬仞衛以天龍守以龜卄公之從孫況無兩一鶚已看淩風上葺公茲堂繪茲圖突兀見之驚惚怳桐華樹冷石軒當時嘯詠不可聞嗚呼毋謂當時嘯詠不可聞秋高鵲唳橫空山

癸巳中秋次韻答陳澗珊并示江南留京諸子四首

唳鶴一聲來遠臯羈人爭不夢魂勞巳憐束縛非吾志
安得馳驅更爾曹帝女河橋終寂寞嫦娥月殿自清高
卻愁天末浮雲蔽冷雨催成點客袍
江南幾輩昔知名未必文章愧長卿客去蕭然瓊島夢
水流悽絶玉河聲匣中古劍疑龍化衣上浮塵逐馬生
頗似晨星三五點因依北斗不勝情
太行秋色來天外長嘯江亭一倚欄咫尺尚難招舊友
逍遙何處揖仙官揮戈漫見陽烏返挾瑟空憐夜月彈
廪粟虛糜竟何似瓣香慙愧爇詩壇

要從出處見眞吾澄澈冰心貯玉壺朋友多情誰管鮑
師生無負即歐蘇觀書鐙下眼如月待爾花時酒滿觚
莫歎儒冠誤秋鬢他年勉力其鵬圖

疊前韻酬艾至堂并寄梅伯言張鼎甫淩厚堂家
香鐵徐挙生四首

眼裏何人匹禹臯
九重側席正憂勞喜聞河朔回豐歲漫笑乾坤貳我曹
秋氣逶迤碣石壯亂雲偏擁太行高蕭蕭一夕霜風緊
有酒難澆舊縕袍

四海應知五少名黑頭那不到公卿孰堪人世升沈感半作天涯風雨聲險語直從鴈門落主堂客忻州半載離愁黯向潞河生臣君夢裏頻招手苦筍鹹齏亦有情

諸君意氣眞湖海燕市高歌興未闌破格幾時聞薦士著書應不負爲官三年楮葉偏難刻一曲輪袍莫浪彈終見東南文蔚起搴旗大將各登壇

已笑今吾非故吾蘭臺翹首悵蓬壺庇人無廈我何補監國有才民待蘇誰爲高堂馨夕膳聊施低案課奇觚黃花時節能相過勝寫東坡三士圖

癸巳重九日招諸君飲江亭作

又見江亭九月秋常年送客怯登樓亂雲易障西山日尊酒難消北海愁蕭槭殘蘆風不捲蒼涼落木鳥偏投應憐道路飢驅者已讓茲卯是勝遊

